AF192295

Den här boken tillägnar jag

Min fru Florence och mina barn. Olivia, Jonathan

Antonia och David Milton.

Ni är underbara. Jag är så glad att ha er i mitt liv. /

Jörgen Milton

Jörgen Milton

I Tigerns käftar

En kort Roman med starkt budskap

Illustration: Pixabay.com
Korrekturläsning: Peder Lövkvist

Förlag: BoD – Books on Demand, Stockholm, Sverige
Tryck: BoD – Books on Demand, Norderstedt, Tyskland

ISBN: 978-91-8007-065-2

Förord

Författaren är uppväxt i Mariannelund, och föddes 1970. Han drömde tidigt om att bli missionär och författare. Som barn skrev han ofta noveller och historier som sedan hamnade i byrålådan. När han var runt 20 år förverkligade han drömmen om att bli missionär i Indien, och fem år senare startade han hjälporganisationen Barmhärtighetsmissionen. Missionen finns än idag fast under namnet God in Action. I och med denna bok som är hans debut förverkligar han sin andra dröm om att bli författare.

Boken har ett starkt budskap om frihet för de mest utsatta, där det ser helt omöjligt ut. Hoppas att du ska bli berörd av att läsa den.

INNEHÅLL

Livsförändringar   7

Ett barn försvinner   17

I Tigerns käftar   23

Flykten   33

Mord i Sinnet   43

Flickornas hjälte   51

Resan till Katmandu   59

Onda planer   63

Hämnden   75

Slutet   81

Livsförändringar

John kämpade med sina tankar. Gick han in för något, så var det inget annat som gällde, och mestadels trivdes han bäst ensam. Dagarna hade varit både upp och ner, som för de flesta av oss. Men många i hans närhet hade väldigt svårt att förstå sig på honom.

- Jag orkar inte mer, nu lämnar jag dig, röt Lena och spände ögonen i honom.

- Du kan väl ge mig en chans till, sa han och tittade ner i bordet.

- Vet du över huvud taget hur många chanser du fått?

Ingen sa något. John tittade på henne med tårfyllda ögon. Men man kunde se att hon redan hade bestämt sig att deras relation nu var över.

Hon hade vänt och vridit på situationen under en längre tid, men hade till slut landat i att de inte längre hade någon framtid tillsammans. Hon kände sig ändå lättad över att de aldrig skaffat några barn, så en skilsmässa skulle gå smidigt. Lena kunde inte längre stå ut med Johns plötsliga infall. Ibland fick han för sig att göra någon resa utomlands för att se världen, men andra tider låg han i sovrummet i dagar utan att över huvud taget vilja gå upp.

- Vad ska jag nu göra? Sa han och gömde huvudet i händerna. Då log hon lite elakt mot honom.

- Gör det du alltid har velat, res, bli präst eller volontär, rädda världen, nu är du fri !

Några veckor senare var papperen påskrivna och klara. Deras kärlekssaga och år tillsammans var nu endast ett minne blått. Lena längtade att komma till sin nya lägenhet i Malmö, så John fick hjälpa till att packa hennes saker.

- Lena, ska du verkligen ha det där gamla skräpet? Undrade han och pekade på den gula bordslampan med fransar.

- Vadå skräp, det är ju min. Jag fick den av faster Agda när jag var femton.

- kanske det är dags att kasta den just därför, retades han.

- Nej verkligen inte. Den följer mig till Malmö.

Hon tittade irriterat på honom och fnös över en sån odugling till kar. Han förstod verkligen inte hur mycket denna lampa betydde för henne.

Ja det var nog en riktig analys. John var nöjd bara han hade en säng, soffa och TV. Då klarade han sig bra. Och Lena var fullkomligt nöjd med att få det mesta av bohaget.

John hade många strängar på sin Lyra. Tidigare hade han funderat på att läsa teologi i lund, med ambition om att en dag bli präst. Men på senare tid tyckte han att det här med andlighet var överskattat. Han trivdes bäst med båda fötterna på jorden som han uttryckte sig. Studieplanerna hade han lagt på hyllan. Däremot brann han för att hjälpa människor som hade det svårt.

Innan han träffade Lena, hade han tågluffat genom Europa tillsammans med vänner. Han älskade att resa och träffa nya människor. Sedan hade kärleken kommit in i bilden och då hade allt annat fått vänta. Lena var en person som helst inte reste alls, hon hade aldrig varit utanför länsgränsen.

Nu var det långt mellan varje möbel och man kunde nästan höra en nål falla. Mitt på golvet i vardagsrummet stod hans gamla slitna soffa, som han sjönk ner i framför tv:n. Han zappade förstrött med fjärrkontrollen. Han var klädd i mjukisbyxor och t-skirt och hans hår hade inte sett en kam på länge.

- Varför finns det bara skit på burken att se, fräste han för sig själv, och fortsatte att zappa. Ena kanalen sände tv nyheter och på den andra var det bara sport.

Han reser sig och lämnar rummet för att gå ut till köket. Han tittar in i kylskåpet, där finns en halväten pizza, en tub kaviar och en halv liter mjölk. Inget man direkt blev mätt på. En stund senare återvänder han till tv-rummet och hans blick fastnar på ett nyhetsinslag om fattiga barn i Indien. Han skruvar upp ljudet och lyssnar intensivt.

Drömmen om att kunna hjälpa barn i tredje världen, hade funnits hos honom sedan han var ung. Nu var han fyllda fyrtiotre, och tyckte själv att han förlorat väldigt många år till ingen nytta alls. Ända sedan barndomen hade han varit en enstöring som helst höll sig för sig själv. Han hade haft svårt att koncentrera sig i skolan och betygen hade varit dåliga. Där hade han inte fått någon större hjälp. Lärarna tyckte mest att han skulle skärpa sig och inte sitta och drömma på lektionerna.

Det var först på senare år som han fått diagnosen Autism. Ett funktionshinder där personen ifråga inte handlar och tänker som andra.

Nu satt han där och fantiserade om att börja ett nytt liv, men hur det skulle gå till visste han inte. Han öppnade laptopen och började googla på olika hjälporganisationer som sökte volontärer i Indien. När han läst både länge och väl om Rädda barnen, Plan international och Sos barnbyar hamnar han på Indian future. En organisation som han aldrig hört talas om.

Han tog på sig läsglasögonen och följde texten noggrant sida upp och sida ner, och fick gåshud. Han kände liksom hur bilderna på sidan talade och vädjade till honom.

På hemsidan hittar han en e-mailadress. Han sätter sig genast och skriver till organisationen.

I annonsen efterfrågades en man som tillsammans med en indisk kvinna kunde sköta barnhemmet "Childrenś future" i Delhi. Allt var på volontärbasis, men mat och husrum behövde han inte oroa sig för stod det. Det bekom inte honom det minsta att det inte gavs någon ekonomisk ersättning. Han hade flera år tidigare fått ut ett stort arv efter sin far, som var känd finansman, men hade gått bort alldeles för tidigt. Johns föräldrar hade var frånskilda sedan många år.

Mamman bodde i Lund, och henne träffade han ibland. Sedan så fanns två yngre systrar bosatta i Norra Sverige, men dem hade han ingen kontakt med alls.

John gäspar högt, sedan lägger han ihop sin laptop, stänger av tv:n och går och lägger sig. Men han ligger och vrider sig. Känslorna avlöser varandra. Han funderar på framtiden, vad som ska hända. Samtidigt inser han att det är ett stort steg i fall han skulle flytta ända till Indien. Men den tanken slår han snart bort. Vad skulle han ha att förlora. Han hade ju inga barn och framtiden var ju tryggad rent ekonomiskt. Så med de tankarna somnar han så till slut, med förhoppning om ett positivt svar på sin ansökan.

I Indien vaknar man vid solens uppgång, det gör även Mira. Hon är föreståndare på Childrenś future, i stadsdelen Hauz Khas i New Delhi. Hennes dagar var fullbokade från morgon till kväll. Barnen vaknade och skulle ha frukost. Sedan åt hon själv innan dagen började på allvar, med att undervisa dem i matematik och hindi. Till sin hjälp hade hon en ung kvinnlig praktikant vid namn Shani.

Mira hade inte jobbat så många år, men började ändå känna sig sliten och trött. Det var då som hon hade frågat ledningen för barnhemmet, om de inte kunde ge henne någon form av hjälp. Hennes chef hade då lovat att annonsera på hemsidan efter en manlig volontär. Anledningen till det var att barnen kunde behöva en manlig förebild tyckte man. Mira var inte särskilt ledsen för det. Hon tyckte att det kunde vara trevligt med en kar på jobbet.

Childrenś future låg insprängt i ett grönområde omgiven av dammar och kanaler. Ett perfekt ställe för ett barn att växa upp på. Just nu fanns det fem pojkar och fem flickor på hemmet. De kom direkt från gatan, och de flesta med väldigt tragisk bakgrund. Mira kände det som sitt kall att hjälpa dem till en bra framtid.

John gick fram och tillbaka på vardagsrumsgolvet hemma i Eslöv. Men så när han var nästan färdig att ge upp, fick han se ett mejl i inkorgen. Det var svar från Indian future. De tackade för hans ansökan och sa att de såg fram att erbjuda honom volontärplats.

Han tjoade och skrek av lycka. Nu skulle han äntligen få göra vad han drömt om hela livet. Några dagar gick.

- Men var är nu mina biljetter sa han högt till sig själv, samtidigt som han stressade runt i lägenheten.

Passet och den engelska ordboken låg redan i väskan tillsammans med kläderna. Han hade inte förberett någon stor packning, för kläder kunde han köpa i Indien ansåg han. Till slut efter ett par timmars letande hittade han passet.

Nu gick allt väldigt snabbt precis som det alltid gjort när John bestämt sig för något. Två dagar senare sitter han på Arlanda på väg till Indien. Han tittar på klockan, men fem minuter senare tittar han igen och skruvar på sig... Magen kurrar, så han passar på att besöka ett café för att inta en fika. -Rävgift till kaffe. Hans blick far runt på de stora tavlorna och snart hör han sin flight ropas ut. Han samlar ihop sina saker och går mot gaten. Nu skulle äntligen det spännande livet börja. Men hade han då vetat vad som väntade honom hade han nog tänkt sig för mer än en gång innan han reste.

Nästa morgon står han på New Delhi International Airport. Lukterna och värmen slår emot honom. En blandning av orientalisk parfym och svett från medpassagerare blandas till en förfärlig doft. Kön ringlar sig lång framför incheckningen. Kvinnor med barn, kraftiga affärsmän, gamla i rullstol. Mitt i allt gapar och skriker folk i munnen på varandra. John håller för öronen och vill bara att allt ska vara över. Han längtar till en lugn och tyst plats där han kan få vila några timmar. Men så inser han att detta inte längre är i tysta Sverige, utan i Indien. Där det ständigt är människor och ljud överallt. Utanför flygplatsen står människor och håller upp skyltar med namn på vilka de ska möta. John tittar runt för att kunna hitta sin kontaktperson, och där står hon. Mira, med en namnskylt och väntar. Hans första intryck var att hon liknade en fotomodell med långt hår och mörka ögon.

- Välkommen till Indien, säger hon och ler. Samtidigt blir hon lätt generad.

- Tack, äntligen är jag här. Det ska bli spännande, tillägger han, när de går mot bilen.

- Här är den, säger Mira och tar upp bilnyckeln och öppnar.

John studerar Mira där hon sitter och kör. Han har svårt att släppa blicken från henne. Hon ser det och ler tillbaka mot honom. Han tycker situationen blir pinsam och försöker komma på något att prata om.
- Har du jobbat på Children's future länge, hasplar han så ur sig till slut.

- Ja det är väl snart fyra år!

- Jag tycker det ska bli jättekul. Jag har velat jobba på barnhem sedan jag var ung.
- Så bra, hoppas du ska trivas, säger hon och växlar ner.

Trafiken är enorm.

- Är det alltid så mycket trafik, undrar John.

- Ja väldigt ofta, att ta sig några kilometer kan ta från en halvtimme till ett par timmar om det vill sig illa, suckar Mira.

Men efter någon timme stannar Mira bilen framför ett litet hus omgiven av en mur. Det är som att blicka in i paradiset, ett grönområde och kanaler som omger huset. Gräsmattan är välklippt och fullt av vackra blommor i rabatterna. En massa barn springer och leker. Men när de får syn på John och Mira springer de mot grinden och ropar glatt, Hallo,Hallo.
Det spritter i kroppen av lycka. John hälsar glatt på barnen, rufsar till någon av pojkarna i håret. Så ser han en fotboll och börjar kicka till allas förtjusning.

- Vad duktig du är, berömmer Mira.

- Tack, pojken i mig börjar väl vakna till liv, tillägger han medan han är fullt sysselsatt med bollen. Inom loppet av en sekund så hade han helt glömt sitt funktionshinder.

I vanliga fall hade han sjunkit ihop och bara önskat sig att få vara ensam någonstans där det var tyst och lugnt, men nu levde han verkligen upp. John kom ihåg sin barndom där han sparkade fotboll med sina kompisar, livet lekte och han var utan bekymmer. Nu ropade barnen av förtjusning, äntligen kom det någon till dem som de kunde ha kul med, en fadersfigur som alla av dem saknade.

- Ni får fortsätta imorgon, nu tänker jag visa pappa John runt och sedan ska vi äta, sa Mira.

Att John trivdes med att bli kallad pappa till tio barn kunde man förstå. Han log för sig själv.

Mira visade honom runt på barnhemmet innan det var dags för att äta. Kyckling och ris serverades, och John åt för kung och fosterland. Man kunde nästan tro att han inte fått mat på ett par veckor. Men visst, det hade inte blivit någon ordentlig mat för honom sedan Lena flyttade. Mest skräpmat som hamburgare och pizza. Shani som hade lagat maten tittade på John med ett brett leende. Att en utlänning från Sverige så fullkomligt älskade hennes mat var något stort för henne. Det kunde hon leva länge på. Den första dagen led mot sitt slut. John tackade för maten, sa godnatt och gick till ett rum som han blivit tilldelad. Han gäspade, resan hade varit lång och nu längtade han bara efter att få sova några timmar.

Följande dag ägnade han åt att leka med barnen. De älskade att John ville vara tillsammans med dom, och njöt i fulla drag. Han älskade barn och hade längtat länge efter detta. Tänk att få göra skillnad i flera barns liv och bara få visa dem kärlek.
Barnen kom från mycket svåra förhållanden och flera av dem var upplockade direkt från gatan. Nu kunde han
glömma sina egna begränsningar i sitt funktionshinder när han var tillsammans med dem.

Ett barn försvinner

De första dagarna gick snabbt på Children's future.

John var alltid uppe med tuppen. Han gick upp, åt frukost tillsammans med Mira och Shani. Sedan tog han hand om de mindre barnen medan Mira undervisade de äldre. Han tyckte verkligen att detta var livet.
John hade även börjat få känslor för Mira, men det var inget som han ännu vågat säga till henne.

Men hon hade förstått det, på hans sätt att titta på henne.
Hon var uppväxt i Indiens medelklass. Föräldrarna var praktiserande hinduer, men själv hade hon aldrig varit särskilt religiös. Hon hade en yngre bror som hette Benji, han var bosatt i Mumbai tillsammans med sin fru och barn.

John andades ut. Han satt på verandan och korkade upp burken och bara njöt av vad livet hade att ge. Barnen sprang omkring och lekte. Solen stod högt på himlen, det var sommar och hans förut bleka hud hade börjat bli brun. Allt var precis som det skulle i Indien. Han blickade ut över deras eget paradis med kokospalmer och jackfruit träd. En svag bris kom och svalkade honom där han satt. Han mådde som en prins. En av flickorna på hemmet vid namn Anna hade John fått en speciell kärlek till. Deras relation hade blivit allt starkare, och John såg sig själv som en far eller beskyddande storebror. Hon kände sig trygg och tydde sig till honom.

Anna var 12 år och hade en väldigt tragisk uppväxt. Hennes mamma hade dött i tbc när hon var liten och då hade hennes pappa tagit hand om henne. Men han hade drogproblem och en dag hade han bara stuckit från hemmet utan att säga något. Det var bara ren tur att en socialarbetare senare hittade henne driva omkring på Delhis gator. Mira hade då blivit uppringd om barnhemmet kunde tänka sig att ta hand om henne.

Mira hade börjat få ett gott öga till John också. Men hon såg inte med glädje på att han ägnade så mycket tid med Anna och inte med henne. Men så en kväll blev John och Mira ensamma. Barnen sov och Shani hade åkt för att hälsa på sin mamma.

- Vilken kväll, sa han och tittade på Mira med ett stort leende och fick fjärilar i magen.

- Ja verkligen, svarade Mira och tryckte sig tätt intill honom.

För ett ögonblick var det som om tiden stod still. John tittade in i Miras ögon för att få bekräftelse på sin kärlek, och hon log tillbaka. Han kände sig helt lyrisk. John böjde sig framåt och kysste Mira på munnen, och den besvaras. Ett rus gick genom kroppen. Det var länge sedan han hade upplevt något liknande. Det pirrade i magen. Vad skulle hända nu? Mira tog hans hand och ledde honom in i sitt sovrum, och där förenades de båda i natten.

Morgonen därpå satt de båda tysta vid frukostbordet, John och Mira tittade på varandra medan Shani dukade fram.

- Jag träffade, mamma igår. Det var roligt att se henne igen efter så lång tid, fortsatte Shani och berättade om vad de hade gjort under kvällen.

Men John och Mira hörde inte alls vad som sades, de hade fullt upp med att tänka på varandra.

- Ni lyssnar ju inte, vad är det med er.

- Det gör vi väl visst, svarar Mira och vaknar liksom till ur en dröm.

- Ni är konstiga, sa Shani och lämnade köket.

John och Mira fick sig ett gott skratt.
- Ska vi åka på utflykt idag? Frågade John.

Barnen skrek av förtjusning. De var snabba att packa ihop det som de kunde tänkas behöva. Matsäck och filtar att sitta på. Alla engagerade sig i detta. De hade planerat att åka till en större park inne i Delhi. Barnhemmet hade en egen minibuss som skulle ta dem ut på dagens äventyr. Mira satte sig tillrätta bakom ratten och John tog plats vid hennes sida. Bakom dem satt Shani med alla barnen. Minibussen tog dem förbi ett stort shoppingcenter med parker och sjukhus. Överallt tutade bilar om vartannat. Motorcyklar samsades med taxibilar, bussar och gångtrafikanter. Detta var verkligen Indien i sitt esse. Luften var som tjock som gräddfil i denna huvudstad.

Anna satt och tittade ut genom fönstret medan några andra av barnen skivades i bilen. Shani hade fullt upp med att hålla en lugn stämning i bussen. Efter ett par timmar var de framme i denna jättelika park, med kanaler, lekplatser och gångvägar. Barnen var ivriga och hoppade ur bussen, direkt efter att de stannat. De sprang i förväg in i parken och busade med varandra. De tre vuxna hamnade på efterkälken, men tog allt i sin takt. Solen hade gått i moln och denna eftermiddag var skön.

- Jag tar en promenad, sa John.

- Gör du det, sa Mira. Hon förstod att John ville vara för sig själv.

Hon och Shani gick och satte sig på en bänk. John böjde sig ner och knöt skorna. Sedan började han gå längs en av de vackra dammarna i parken. Många fåglar av olika slag omgav honom i vattenbrynet. Han mötte familjer med barn, de hade precis som han och Mira kommit hit för att spendera några timmar med barnen.

Men plötsligt upplever John en inre kamp som var svår att beskriva och som så ofta drabbade honom. Ett mörker sänkte sig över honom. Fast han kunde inte sätta fingret på exakt vad det var. Kanske led han av hemlängtan. John fortsatte att gå medan tankarna rusade genom huvudet. Han tänkte på sina nära och kära hemma i Sverige, på Mira och barnen på barnhemmet, men framför allt på Anna. Vad skulle det bli av henne? Skulle hon få en bra yrkesutbildning? Skulle hon i framtiden hitta någon att gifta sig med. Tankarna hos John var många. Han kände så starkt för denna flicka, och ville med alla medel beskydda henne. Han kom av sig i tankarna när han kände ett regnstänk. Bäst att gå tillbaka tänkte han. Nu började det regna alltmer och han insåg att det inte skulle bli mycket till picknick i det gröna. Nu kunde han se barnen, Mira och Shani som väntade på honom.

    - Vi får ta detta en annan gång när vädret tillåter,
sa John och skyndade sig tillsammans med de andra mot bilen.

 För att slippa bli dyngsura skyndade sig barnen att hoppa in i bilen.

    - Var är Anna? Sa plötsligt ett av barnen.

John kände med ens hur han fick kalla kårar längs ryggraden. Vart hade Anna tagit vägen? Oron i hela gänget steg i takt med att tiden gick.

- Mira, vi måste göra något, hon kommer inte. Vi får gå ut och leta efter henne, sa John upprivet och öppnade dörren för att gå ut och leta.

- Nu stannar ni här, medan vi går ut, sa John och kastade en bestämd blick på barnen.

Alla tre springer sedan omkring, letar och ropar på Anna. Men hon syns inte till. Nu började mörkret sänka över parken och de inser att tiden är väldigt knapp innan de blir tvungna att återvända till barnhemmet utan Anna. Skulle de hitta henne innan det var försent.

I Tigerns Käftar

De hade precis kommit hem och fått barnen i säng.

John höll på att få ett nervöst sammanbrott, han tar upp en cigg från jackfickan och tänder ett bloss.

- Röker du?, undrade Mira.

- Bara när jag är tvungen! Nu måste vi hitta Anna annars vet jag inte vad jag gör.

- Nej inte jag heller.

- Vi måste kontakta polisen?

John tar fram sin mobiltelefon, och slår ett larm-nummer som Mira gett honom. Han förklarar på engelska för polisen vad som hänt. De försöker lugna honom och lovar att göra allt för att hitta Anna.

Anna går ensam på stadens gator fullt förvissad om att hitta sin pappa. Hon hade aldrig nämnt för någon på barnhemmet, inte ens John att hon planerade söka upp honom. Hon visste också att enda möjligheten för henne var att göra detta, var på sitt eget sätt. Men att vistas i dessa områden för en flicka på tolv år var direkt livsfarligt. Hon kunde bli både kidnappad och mördad. Men det var inget som bekymrade henne. Hon passerade tiggare som låg på gatan. Taxibilar körde förbi henne i den mörka natten och hon undrade vart hon skulle ta vägen. Till slut somnade hon på en parkbänk av utmattning. Människor passerade flickan utan att lägga märke till henne, alla utom en.

Plötsligt stannade en man till när han ser Anna ligga där på bänken och sova. Han tittar sig nervöst omkring, rädd för att någon ska se honom, sedan tar han upp något ur jackfickan och stoppar i munnen på henne.

Efter en timma börjar Anna vakna till, men allt är suddigt. Hon känner sig snurrig och mår illa, hon försöker resa sig men benen bär inte längre. Så känner hon hur någon bär iväg med henne. Anna försöker protestera men snart försvinner hon in i dimman igen.

Natten går till ända. Indiens huvudstad börjar så smått vakna till liv igen. Frukthandlarna sätter upp sina stånd och affärerna börjar öppna upp för dagen. Taxichaufförerna har börjat jobba, och allt verkar bli en vanlig dag. Men inte för Anna. Hon ligger hjälplös på ett kallt golv någonstans i staden där ingen vet var hon är.

John är frustrerad. Kommer polisen att kunna göra något, tänker han i sitt stilla sinne. Han ringer ytterligare några gånger till polisen under dagen för att förvissa sig om att något görs. Men han får alltid samma svar tillbaka.

- Ta det lugnt, vi jobbar så fort vi kan.

Han känner sig maktlös. Varför Anna? Han mindes hennes uppsatta hår och bruna ögon. Den kärlek hon hade visat honom hade han aldrig tidigare upplevt från något annat barn. Själv hade han ju inga egna, men han skulle minsann adoptera henne. Det hade han bestämt sig för.
Fast nu måste det hända något fort om han inte skulle mista henne för alltid. John gick ut till de andra barnen och tänkte skingra tankarna med att kicka lite boll, men det var dömt att misslyckas från början. Han blev sittande på verandan med en kall öl. Mira blev orolig för honom.

- Anna kommer inte fortare för att du sitter här och deppar.
- Jag vet, men jag kan bara inte hjälpa det.

Anna vaknar upp på det smutsiga cementgolvet. Hon tittar sig omkring samtidigt som hon känner paniken stiga. Hon kom inte ihåg något från kvällen innan. Rummet är litet och det luktar illa. Plötsligt öppnas dörren och en kraftig man kommer in i, han tar tag i Anna drar henne ut ur rummet. Hon skriker och protesterar. Huset som de befinner sig i är sjaskigt och gammalt och används som bordell. Namnet på bordellen är Tiger girls och ligger på GB-road i New Delhi, ett av de största sex-disïrikten med ungefär 5000 prostituerade. Nu låg Anna verkligen illa till. Mannen en ökänd hallick som kallas Tigern, tar flickan till ett litet rum. Han öppnar, och knuffar in henne i rummet.

- Gör dig hemmastadd, här får du stanna ett tag.
Tigern hånskrattar.

Anna sparkar på dörren och skriker men ingen hör henne. Och efter ett tag orkar hon inte protestera längre, utan somnar på en liten säng som står i rummet.

I ett intilliggande rum sitter Tigern i samtal med en anställd.

- Se nu till att få den nya tjejen i jobb så snart som möjligt. Ge henne lite smågodis så att hon kommer i form.

- Javisst jag fixar det.

En tystnad infinner sig.
Tigern lägger pannan i djupa veck och vankar fram och tillbaka.

- Hur ska det gå med verksamheten, vi behöver få in flera flickor som kan jobba.

- Vi har ju redan flera stycken, svarar killen.

Han tittar till på Tigern som nu blivit knallröd i ansiktet med ögon som är på väg att krypa ut ur sina hålor.

- Vad menar du?. Jag bedriver verksamhet här ingen välgörenhetsinrättning. Tror du att jag är nöjd, tror du att jag är nöjd. Jag har ju bara gamla kärringar här skriker Tigern.

Killen lämnar rummet. Han är medveten att om hans chef är på det humöret är det omöjligt att prata med honom.

Ekonomin hade börjat gå dåligt, Det fanns ett 90-tal bordeller på samma gata, konkurrensen var stenhård och i Tigerns stall fanns det mest kvinnor i tjugoårsåldern. Han ville få in fler unga flickor gärna i tio tolvårsåldern, som kunde ge honom en ny start. För enligt honom var de unga mer fogliga och samtidigt väldigt attraktiva på marknaden.
Tigern var alltid klädd i en solkig kavaj, och var alltid välkammad, men håret var fett.

Lyckligt ovetande om vad som höll på att hända fortgick verksamheten på Children's future i Hauz Khas. Både John och Mira väntade på svar från polisen, men inget visste något.

- Vi Kan ju inte låta allting stanna, sa Mira

- Jag vet. Men jag hoppas att Anna är välbehållen", svarade John.

Det var mörkt på himlen där ute. Just då började det smattra mot rutan. John lade pannan i djupa veck. Hur kunde det bli så här, tänkte han. Han var tvungen att göra något. Shani ropade på dem att komma till köket, det luktade gott, en blandning av indiska kryddor och kyckling. Alla barnen och vuxna slöt upp.

Men så snart som de satte sig vid bordet, smög Shani iväg till ett intilliggande rum. Hon tittade sig omkring, tog upp telefonen och slog ett nummer. Hon talade med låg röst, och pannan var våt av svett. Hon avslutade samtalet och återgick till de andra.

Timmarna gick, alla sov utom John. Solen hade gått ner för länge sedan, och man kunde höra vinden vina i träden. Han kunde inte komma till ro i sin själ, och var tvungen att hitta Anna kosta vad det kosta ville. Men han visste inte var han skulle börja att leta.

Bilnycklarna låg på bordet. Han rafsade till sig dem i all hast och stoppade dem i fickan. Ett ögonblick senare var han ute ur huset.

Han körde omkring liksom på måfå i den stora staden, och var fortfarande inte van vid allt ljud i trafiken. Taxibilar och motorcyklar som tutade om vartannat. Det gulaktiga skenet från gatlysen träffade honom med jämna mellanrum där han satt och rattade bilen. Bilen var en gammal Volvo årsmodell 95, mycket sliten i inredningen och välanvänd. Den hade gått 40000 mil, men kunde säkert gå det dubbla.

Han kör gata upp och gata ner, passerar basarer och små affärer innan han stannar till vid sidan av vägen utanför McDonalds. Det kurrar i magen och John bestämmer sig för att gå in och ta en hamburgare innan han fortsätter. Denna dag blev det en Bigmack plusmeny. Han satte sig tillrätta för att äta när han råkade höra några turister som pratade bredvid honom.

- Fantastiskt land Indien är! Larry, sa en man vid namn Brian.
- Ja verkligen här finns allt man vill ha.

- En fantastisk kultur och vackra kvinnor.

Larry smilade mot Brian som om han tänkte på något roligt och tog sedan en stor tugga i en hamburgare.

- Har du varit på GB-road, där finns det fina kvinnor i överflöd. Gör gärna ett besök, du lär inte bli besviken sa Larry.

- klart jag har varit där. Jag älskar unga flickor, sa Brian och skrattade till.

John som hade hört allt började må illa och hade svårt att äta upp det sista av hamburgaren. Han tänkte på alla dessa flickor som på detta sätt var ett villebråd för sexsugna västerlänningar. Han greps av en oerhörd fruktan när han tänkte på Anna som fanns någonstans i staden.

Anna hör knarr i golvet utanför rummet. Dörrhandtaget trycks ner. Det gnisslar till och strax efter förnimmer hon att hon inte längre är ensam. Doften av billig herrparfym fyller rummet.

Hon ligger på sängen med ansiktet nerborrat i madrassen. Hjärtat slår allt snabbare och hon vill bara fly. Plötsligt börjar stora manshänder ta överallt på henne där hon ligger. Hon tänker ropa men det skulle ändå vara lönlöst, ingen skulle höra henne. Några fruktansvärda minuter passerar och sedan blir hon åter ensam i rummet. Hennes nakna och smutsiga kropp vittnar om vad som hänt. Någon hade stuckit en kniv i hennes oskyldiga barnsjäl och tagit något heligt från henne. Tårarna började rinna nerför hennes bruna kinder. Vart var John och Mira nu?, när hon hade behövt dem som bäst. Många män avlöste varandra och turades om att förnedra henne, under de följande dagarna. Men ingen kom till hennes undsättning.

I rummet jämte Annas satt Rani, en tjej på tjugo år. Hon var bland de äldsta av tjejerna på Tiger girls. Hon hade varit Tigerns slav nästan halva sitt liv. Hon var helt förstörd till både själ och kropp, och hade flera gånger försökt att ta sitt liv. Men i sista stund hade hon alltid blivit hindrad av en högre makt, som hon själv uttryckte det.

- Jag vill inte, jag vill inte, snälla någon hjälp, skrek hon och spjärnade emot allt vad hon kunde. Hon spottade kunden i ansiktet i ett försök att bli fri från honom. Men han fann sig snabbt tillrätta och gav henne en ordentlig örfil. Sedan tog han upp en tablett, som han tvingade henne att svälja. Några minuter senare var hon helt hjälplös, och han kunde fullborda våldtäkten i lugn och ro.

Om man hade mött honom på stan hade man inte kunnat föreställa sig att det bodde en sådan ondska i honom. Han såg ut som en helt vanlig turist i fyrtioårsåldern, ca 180 cm lång med blont hår. Hemma hade han fru och barn som väntade på honom, helt ovetande om vem han i själva verket var. Detta var vardagen för flickorna på bordellen.

Mira gick fram och tillbaka över golvet. Hon tog handen för magen. Levde Anna fortfarande? Skulle John lyckas med att hitta Anna?. Frågorna hopade sig i hennes huvud. Hon kunde känna hur hela verksamheten blev lidande av deras problem. Det bekymrade henne, men hon log för sig själv när hon såg hur Shani lekte och kramade barnen.
De ville ständigt hålla den unga praktikanten i handen.
Men Shani grät ofta när ingen såg henne. Hon hade ständigt en klump i halsen. När kvällen kom, saknades hon vid middagen.

- Har ni sett Shani?, frågade Mira.

- Nej inte på flera timmar, Svarade ett av barnen.

Det gick kalla kårar utmed ryggraden på Mira, hade Shani försvunnit på samma sätt som Anna?. Vad höll på att hända?. Efter att ha letat igenom huset utan resultat gick hon ut. Fullmånens ljus blev en ledstjärna för henne.

De mörka träden vajade i vinden och syrsorna spelade sin sång. Hennes ögon föll på en liten mörk figur som satt under en palm.

- Shani, vad gör du här?.

Ett stönande och kvidande läte hördes.
Mira böjde sig ner och upptäckte ett blåslaget ansikte. Shanis ögonen var tillslutna. Hennes kondition vittnade om grovt våld förekommit. Mira lyfte upp och bar in Shani i huset. Hon lade henne på en säng.

- Vad har hänt med dig, vem har gjort det här?.

Shani var tyst och ville ingenting säga.
Mira lät sin hand smeka hennes blåslagna ansikte, samtidigt som hon antydde,

- Du måste berätta vad som hänt, annars kan jag inte hjälpa dig.

Svettdroppar började rinna utmed hårfästet på Shani och ett ögonblick senare var hennes ansikte helt blött. Kroppen var som isbit och hon började skaka. Vad skulle Mira göra?. Skakningarna blev värre, men efter någon minut blev det helt tyst och stilla. Shani var kall och livlös.
Mira ville skrika högt, men fick inte fram några ord. En otäck känsla spred sig i rummet. Hon blev rädd och ville helst lämna allting och sticka. Tänk om det fanns någon därute i mörkret som även ville komma åt henne.

Flykten

John hade kommit hem denna kväll, och fått bevittna hur Shani hade dött i Miras armar. Det var en fruktansvärd upplevelse för honom, och han kände hur han förlorade kontrollen över sig själv och hela situationen. Depression och ångest grep honom. Varför skulle detta hända? Han som trodde att han skulle få ett bekymmerslöst liv i Indien, insåg nu att detta bara var början, på något otäckt som han inte fick grepp om.

Anna låg och sov någonstans i den stora staden medan mardrömmarna kom och gick. Hon kastade sig av och an i den smutsiga sängen. Kunderna hade avlöst varandra under flera dagar nu och hennes kropp var som en öppen bok, tillgänglig för alla.

Men Tigern var nöjd med Anna, hon hade dragit in mycket pengar åt honom och han njöt. Inga kunder ville längre ha de äldre tjejerna utan alla männen längtade efter Annas unga och späda kropp. Men mycket vill ha mer. Han ville ha flera flickor till sitt stall sådana som Anna. Han kände sig som en stor affärsman, och drömde om ett stort imperium. Öknamnet Tigern hade han fått eftersom många tyckte att han liknade en tiger, lika vild och farlig. Och hamnade någon i klorna på honom, då var slutet nära.

Ända sedan han var ung hade han haft en förkärlek för unga kvinnor. I grund och botten var han en gammal pedofil, som även ville tjäna pengar på sin avskyvärda läggning. Men han var noga med att hålla sig undan från lagens långa arm. Han hade t.o.m. flera poliser på sin sida, eftersom han alltid mutade dem med pengar. I de kriminella kretsarna var han ökänd, alla visste vem tigern var, och man ville gärna inte komma i konflikt med honom. Men många ville gärna se att han försvann.

Magen knorrade och Tigern kände sig trött i huvudet. Han beslutade sig för att ta en vända genom stan med sin nya bil. Han smekte den med handen på lacken, och stod och begrundade där den blänkte i solskenet. Han log för sig själv. Han tog upp fjärrkontrollen och med ett blipp öppnade han bilen. Vilken pärla.

Den indiska filmmusiken gick på hög volym. Tigern trummade på instrumentbrädan och visslade medan han körde genom Delhis gator. Solens strålar träffade honom där han satt och han log för sig själv. Han lämnade de stora stråken och körde in på en mindre väg, och tittade sig omkring som han letade efter något. Magen knorrade alltmer. Och när en mindre restaurang dök upp stannade han till. Han blippade med fjärrkontrollen och lämnade tillfälligt sin pärla. Någon minut senare satt han till bords och väntade på att bli serverad. Biff med pommes frites var hans favoritmat och den dög även denna dag. Hans figur vittnade om att det hade blivit ett antal portioner genom åren. När hans gastronomiska resa var till ända rapade han högt, betalade för sig och lämnade platsen.

På gatan träffar han en person som han känner.

- Vad gör du här, Vasu din gamla räv, sa Tigern och gav mannen en klapp på axeln.

- Samma som du antar jag, ska käka.
Vasu grimaserar mot Tigern och frågar

- Hur går det med affärerna då?.

- Bara bra, håller på att expandera, svarar Tigern.

- Härligt, jag har ett jobb åt dig om du är intresserad!

- Visst är jag det, vad gäller det?.

Vasu Håller ett finger för munnen och sänker rösten. Han tittar sig omkring och viskar till Tigern.

- Det kommer en leverans med koks snart, jag vill att du hjälper mig att distribuera ut det till kunder. Du får en halv miljon för besväret.

- Jag är med, svarar Tigern.

Han tar adjö av Vasu och tar bilen hem igen.

Anna var förtvivlad. Skulle hennes liv sluta så här, som ett mänskligt vrak på ett av stadens bordeller. Nej hon kände att hon hade så mycket att leva för. Mira och John, Children's future och alla barnen. Tårarna rann nedför hennes kinder och hon hulkade. Hon kom ihåg sin pappa som hon letade efter. Anna mindes den sista gången hon sett honom. Plötsligt insåg hon sig vara tvungen att komma bort från detta ställe. Men hur skulle det gå till. Hon tittade sig omkring som om hon letade efter något. Hennes ögon föll på ett litet fönster en bit upp på väggen. Kanske kunde det bli hennes räddning. Men samtidigt hörde hon steg utanför dörren. Hon fruktade att det var ännu en kund som var på ingång och kom av sig i sina planer av att fly.
Dörren öppnades och Tigern kom in. Han gick raskt fram till Anna och tog ett strupgrepp på henne. Hon kände hur hon höll på att kvävas. Hon fick inte luft och kippade efter andan.

- Sluta, Sluta jag dör.

- Det kommer du göra snart, om du inte gör som jag säger.

Tigerns ansikte var blossande rött som om allt hans blod hade hamnat där. Hans mun sprutade av saliv och ögonen var kolsvarta. Anna förnam den äckliga svettlukten som blandades med Tigerns billiga parfym.

- Jag har hört av en kund att du inte bjuder till. Jag vill bara berätta för dig, att är jag missnöjd med någon flicka så brukar de försvinna på konstiga sätt. Därför vill jag bara varna dig, gör som jag säger annars...!!

Tigern släppte greppet om Annas hals och hon sjönk ihop på sängen och hostade häftigt i flera minuter. Han vände sig om och lämnade rummet lika snabbt som han kommit. Anna reste sig inte upp på länge. På hennes hals kunde man se stora röda och blåa märken efter Tigerns behandling. Anna skakade i hela sin varelse när hon tänkte på hur flera andra flickor slutat sitt liv på Tiger girls.

En av de andra flickorna hade berättat för henne om Anamma en flicka på sexton år som något år tidigare varit på bordellen. Hon hade försökt fly från Tigern när hon blev upptäckt, och efter det försvann hon helt oförklarligt från bordellen och hade inte synts till sedan dess. Det spekulerades i att Tigern strypt henne och dumpat henne i något vattendrag, men ingen visste säkert. Flickans öde förblev en obesvarad gåta.

Men Anna insåg att hon trots hot om att bli mördad var tvungen att ta varje chans att fly, för annars skulle hon ändå dö efter ett tag. En könssjukdom eller infektion kunde lätt vara förödande.

Anna tog en stol och ställde den jämte väggen för att på så sätt komma upp till fönstret. Hon sträckte ut armen och lyckades nå haspen så att hon kunde öppna. Plötsligt smekte en vindpust hennes ansikte och hals, och fick henne att längta ännu mer efter friheten. Samtidigt kände hon sig väldigt stressad. Hon kunde ju när som helst bli upptäckt. Anna tog tag i fönsterkarmen. Hennes muskler var spända och hon spjärnade med fötterna mot väggen för att på så sätt hiva sig upp. Så äntligen lyckades Anna komma upp och sätta sig i fönstergluggen. Plötsligt hörde hon steg i korridoren utanför. Hon stelnade till och hjärtat slog dubbelslag. En förlamande känsla spred sig i hennes kropp. Efter en fasansfull minut avtog stegen och hon kunde fortsätta med sina flyktplaner. Anna slängde en blick ut i friheten. Nedanför fönstret fanns ett litet tak som hon kunde klamra sig fast vid och under det kunde man klättra ner via ett stuprör. Efter några farofyllda minuter stod hon på gatan helt ute i friheten. Nu var hon tvungen att försvinna från platsen så snart som möjligt.

Mira satt och bet intensivt på naglarna. Så många frågor hopade sig i huvudet på henne. Varför hade Shani blivit mördad? Levde Anna fortfarande?. Hon dolde huvudet i händerna medan hon snyftade kraftigt. Barnen sprang och lekte på gården lyckligt obekymrade om den verklighet som Mira levde i. De hade bara lek i huvudet efter det att skolundervisningen var slut för dagen.

Mira sörjde Shani som det vore hennes egen dotter. På det tragiska sätt som hon hade dött, lämnade djupa spår hos henne. Hon fruktade nu för sitt eget liv. Om ändå John kunde komma hem snart, Mira saknade hans trygga famn.

- Mira, Mira älskade Mira.

Mira kände igen rösten och vände sig om.

- Är det du Anna?. Hon kände hur blodet pulserade genom kroppen.

- Ja jag är hemma nu!

Innan Mira hann reagera hade Anna slagit armarna om henne och en sekund senare stod de båda och höll hårt om varandra medan tårarna rann.

- Kära barn var har du varit?.

- Det är en lång och fruktansvärd historia, svarade Anna.

Mira tittade på henne med en blick av fasa, när Anna berättade den hemska historien om Tigern, bordellen och alla övergreppen.
Några timmar senare när Anna fått mat, tagit en dusch och somnat, satt Mira och grät igen. Hon var uppriven över hela situationen, och tog fram mobilen för att ringa till John.

John satt i bilen och körde när han hörde den välkända ringsignalen av ABBA:s winner take it all. Genast förstod han att det var Mira som ringde. Han hade valt den för henne eftersom det var en av hans favoritlåtar. Nu skyndade han sig att svara.

- Hej älskling, hur är det?.

- Det här hänt något, Anna har kommit tillbaka.

- Vad säger du har Anna kommit hem?

- Ja för några timmar sedan, jag vill att du kommer hem.

- Jag kommer direkt, är hemma om en halvtimme.

- Bra då ses vi puss! puss!

- Puss! älskling.

Han kastar ifrån sig mobilen på passagerarsätet, och ökar farten för att komma hem så snart som möjligt. Plötsligt infinner sig en känsla av eufori. Som han hade oroat sig och längtat efter Anna. Nu skulle han äntligen få träffa henne igen. Han känner hur tårarna börjar rinna utmed kinderna och han gör allt för att torka bort dem med sin näsduk. En halvtimme senare kör han in framför barnhemmet. Han hoppar ur bilen och ropar på Mira.

- Mira var är hon, var är hon.

- lugn, hon sover. Kom så ska jag berätta för dig vad som hänt.

Miras ögon mörknar samtidigt börjar tårarna rinner nerför hennes kinder. Hon harklar sig och har svårt att få fram ord, men så börjar hon berätta om vad som hänt.

- Anna kom hit tidigare idag.

Det blir tyst några sekunder medan Mira försöker samla sina känslor, för att beskriva för John vad som hänt.

- Anna har varit tillfångatagen på en bordell och blivit brutalt utnyttjad av massor av män.

När Mira sagt det blir hon tyst igen.

- Vaad säääger du!, stammar John fram.

Inom loppet av en sekund upplever han hur hans värld håller på att falla samman. Hade någon utnyttjat denna oskyldiga flicka som han älskade som sin egen dotter. Sedan mindes han besöket på McDonalds där de två turisterna hade talat om hur de älskade unga flickor. Tanken slog honom att kanske hade de två förgripit sig på hans älskade Anna. Han försökte slå bort den tanken för den gjorde alltför ont. Mira fortsatte.

- En man som kallas Tigern och äger bordellen är skyldig till detta.

Detta blev för mycket för John först Shani som dött, och nu Anna som blivit våldtagen gång på gång. Ett hat spred sig som en löpeld i hans sinne. John blev mörk i ögonen. Han tar upp en sten från marken och kastar den med all kraft på en tom vattentank några meter bort. Den välter av den kraftiga stöten.

- Jag ska döda honom, jag ska hitta Tigern och döda honom.

- Lugna dig John, samla dig!

- Nej jag ska döda honom. Ingen ska hindra mig.
Efter mycket om och men lyckas Mira till slut lugna ner John, så att de kan sova.

Mord i Sinnet

Följande morgon är John tidigt uppe. Han går in i rummet till Anna.

- Godmorgon min lilla prinsessa !

Anna vaknar upp och får se John.

- John, min älskade John!

Hon slår armarna om honom och gråter i hans famn. En lång stund står de båda och håller hårt om varandra. John kramar och pussar henne på kinden.

- Min lilla flicka, vad jag har saknat dig.

Han stryker sin hand över hennes hals som fortfarande bär blå märken efter Tigerns behandling.

- Kära barn! Vad har de gjort med dig. John torkar sina tårar.

Anna börjar gråta hejdlöst.

Adrenalinet börjar rinna till hos John. Hatet mot Tigern och hela hans verksamhet har fått fullt fäste i hans sinne, och han var fullt besluten om att till varje pris söka upp Tigern och döda honom. Med information från Anna om Tigern ger han sig ut på stan för att söka efter honom. Han lämnar den egna bilen hemma eftersom den är trasig och behövde repareras. Och börjar med att gå till fots någon kilometer. Värmen är påtaglig, svetten rinner från hans panna och t-skirten började kännas fuktig. John fortsätter fullt beslutsam om att hitta Tigern.

Väl ute på huvudleden vinkade han till sig en motorcykeltaxi som stannade till vid sidan av vägen. Han sätter sig tillrätta på det lilla sätet bak på taxin. Chauffören var en praktiserande Hindu, det kunde han se eftersom det fanns gudabilder överallt. Längst fram hängde en liten maskot i vindrutan av elefantguden Ganesha.

- Vart ska herrn, frågade chauffören på knackig engelska.

- GB-road

- Aha du gillar indiska flickor?

- Ja just det, svarade John kort utan att berätta om sitt egentliga ärende.

44

Chauffören tittar på honom i backspegeln och drar på munnen. John förstod vad mannen tänkte om honom. Troligen var han inte den enda som åkt taxi till GB-road.

- Jag behöver tanka, jag behöver 300 Rupier.

- Javisst!

John letar i sina fickor efter pengar, och lyckas fiska upp några hundralappar. Mannen tar pengarna och lämnar över dem till en man vid tankstationen som står beredd med bensin slangen.

- Ja då fortsätter vi

- ok bra.

Den trehjuliga öppna taxin girar fram i full fart på Delhi's gator. Solen står högt på himlen och det är högsommar. Men som tur var fläktar det rätt så bra där John sitter. För en stund så glömde han sitt ärende och njuter av resan. De fortsätter utmed en av de större huvudlederna. Trafiken är enorm och endast en erfaren chaufför kunde hantera en motorcykeltaxi här förstod John.

John hade gått om tid att tänka och reflektera över livet där han satt. Han mindes sin mamma hemma i Sverige och insåg att det var länge sedan han pratat med henne. Och för ett ögonblick kände han en stor saknad. Vad gjorde han här egentligen?. Det hade ju inte direkt blivit som han tänkt sig, efter att han rest till Indien. Han fick bilder i huvudet på Anna som låg på en brits och blev utnyttjad. Hatet han kände mot Tigern var helt obeskrivligt, och han förstod att han hade en viktig uppgift att utföra. Han fantiserade om hur han dödade Tigern på de mest brutalt tänkbara sätt. När han fick tag på honom så skulle han inte lämna honom åt rättvisan, utan ta saken i egna händer. Det var inga vackra tankar han tänkte där han satt.

Men hade John haft någon som helst självinsikt, så hade han tänkt sig för mer än en gång innan han gav sig ut på korståg mot Tigern. Den gamle hallicken var ökänd för sin grymhet och drog sig inte för något om han blev hotad. Dessutom var han betydligt starkare än John.

Nu svängde taxin in på det ökända GB-road och John såg mycket folk i rörelse. Här trängdes västerlänningar med Indier i en stor kommers. Utanför husen stod prostituerade flickor och väntade på kunder. Hos dem kunde man köpa sex för bara någon dollar. Det var en hemsk verklighet dessa kvinnor levde i. Många av flickorna hade jobbat här under flera år för endast en spottstyver. John hoppade ur taxin och betalade för sig. Han började gå längs med gatan, medan flera flickor försökte sälja sex till honom.

John hade svårt att hålla tårarna tillbaka. Många var inte äldre än Anna, och vissa var t.o.m. yngre. Hur hade det blivit så här. När han såg dessa flickor smälte hans hjärta.

En flicka stod vid en dörr, hon var mycket söt med uppsatt svart hår. Hennes barndom var totalt förstörd. Nu stod hon där med rödmålade läppar i kläder som inte passar en liten flicka. Men John lade också märke till att hennes blick var tom. Det verkade som att hon hade stängt av sina egna tankar och känslor och bara gjorde det hon blev tillsagd.

John började med att fråga runt på gatan om någon visste något om Tigern och vad han höll hus. De allra flesta kände till honom. Men ingen vågade berätta var han var. Men så till slut lyckades han få tag i en man som kunde berätta.

- Tigern håller till där borta.
Sa han och pekade på huset som Anna varit fånge i.

- Vet du om han brukar gå ut i något ärende, frågade John. Eftersom han ansåg det vara alltför farligt att gå in på bordellen.

- Ja han brukar ta en tur med bilen varje kväll runt klockan åtta, och komma tillbaka några timmar senare. Så vänta här så kommer han säkert snart.

John tackade mannen för hjälpen och ställde sig på avstånd för att hålla uppsikt på bordellen. Han tittade på klockan och insåg att det var flera timmar kvar. Samtidigt kände han hur magen kurrade och bestämde sig för köpa något ätbart medan han väntade. Lite längre ner på gatan serverades det Samosas i ett gatustånd. (En inbakad vegetarisk kryddblandning.) Där stillade han sin hunger. Tiden gick långsamt, men till slut blev det mörkt på GB-road. John kände sig allt lite orolig eftersom han visste att det förekom mycket kriminalitet här kvälls och nattid. Men han var alltför inriktad på att konfrontera Tigern, för att rädsla skulle kunna fånga honom. Och dessutom hade han några dagar tidigare köpt in en pistol, som nu låg och väntade i jackfickan. Men John hade aldrig tidigare använt ett vapen, och tanken på att skjuta en annan människa kändes lite främmande, även om det var ett avskum som Tigern som skulle skjutas. Men han tog mod till sig och resonerade att en människa som så brutalt utnyttjat oskyldiga flickor hade förlorat sin rätt att leva.

Flickor och deras kunder passerade in och ut. Nu var det bara att vänta tills Tigern skulle komma. Anna hade tidigare beskrivit hur han såg ut, så John trodde inte att det skulle bli så svårt att hitta honom. Plötsligt dyker han upp i allt myller av folk. John kramar pistolen i fickan, men inser snart att det är för mycket folk i rörelse. Ett ögonblick senare hade han förlorat honom i folkhavet.

- Sjutton också.

Han knyter näven i fickan och inser att han blir tvungen att fortsätta en annan dag. Han tittar sig omkring och ger sitt sökande en sista chans. Plötsligt får han syn på Tigern igen. Den gamle hallicken är på väg bort till en bil. Nu blir det bråttom, John hoppar in i en taxi på gatan.

- Följ efter bilen där borta!

- Ok inga problem

John känner pistolen i jackfickan. Nu har det blivit riktigt mörkt ute. En bit längre fram ser de Tigerns bil. Han känner

hur adrenalinet rusar genom kroppen, där de färdas fram genom stadens gator. De håller sig på avstånd. Det är tät trafik och chauffören gör allt för att inte förlora Tigerns bil i sikte.
De närmar sig alltmer när den plötsligt svänger in på en avtagsväg. Taxin saktar farten och följer nu efter lite på avstånd. Där de färdas nu finns inga gatlysen och endast strålkastarens ljus är deras ledstjärna. John börjar känna hur nervositeten stiger. Vad skulle nu hända? Vad hade han gett sig in på? Längre fram ligger en nedlagd fabrikslokal och bilen framför stannar. Tigern går ut mot byggnaden. Det är varmt och klibbigt i luften och syrsorna spelar i natten. John tar åter ett stadigt grepp om pistolen som nu började kännas svettig. Taxin har stannat på betryggat avstånd.

- Vad gör vi här, frågar chauffören oroligt.

- Jag ska bara prata med mannen, vänta här.

Tigern öppnar dörren och går in i lokalen. Han är sammanbiten och alltid beredd på något kan hända. Han har genom åren hunnit skaffa sig många fiender och då gäller det att vara försiktig. Mitt i rummet står en massa lådor. Han går fram, tar en fickkniv och öppnar en låda. Han tar upp en påse med vitt pulver, smakar med ena fingret och spottar sedan ut. Nu tar han en kartong och börjar gå mot utgången. Det knastrar till vid dörren, han stannar upp, ställer hastigt ner lådan och drar upp en pistol.

- Sjutton också.

Säger John för sig själv när han märker att han råkat trampa på en gren där. Han hör att Tigern närmar sig och nu blir han nervös. Plötsligt slår ångesten till med fullt kraft och han känner hur benen håller på att ge vika. Dörren öppnas. Tigern går ut i mörkret. På bråkdelen av en sekund trycker John av sitt vapen, och ett skott träffar Tigern i bröstet. Han faller till marken samtidigt som han avfyrar sitt vapen mot John som blir touchad i benet.

Han siktar en gång till på Tigern som nu ligger ner och avfyrar ännu ett skott mot honom. Det blir tyst Tigern ligger orörlig på marken och John skyndar sig från platsen medan han försöker att inte tänka på benet som värker. Längre bort står taxin och väntar ovetande om vad som hänt.

- Jag hörde skott, vad händer, skriker chauffören vild i blicken.

- Kör bara kör, manar John efter att han hoppat in i bilen.

- Jag tror att jag dödade honom, stammar John fram.

Chauffören är tyst och sammanbiten medan att han fortsätter att köra in mot city. John börjar skaka häftigt.
Hade han verkligen dödat en annan människa. Han hoppades att ingen hade sett honom.

Flickornas hjälte

John gäspade och sträckte på sig i sängen där han låg. Det var en underbar morgon. Han gick upp och öppnade fönstret för att släppa in lite luft, och möttes av fågelsång. Mira låg kvar i sängen och sov så sött. Han hade kommit över den första chocken av att han skjutit en annan människa. Nu njöt han bara av att avskummet var borta. Detta skulle innebära ett helt nytt liv för flickorna på Tiger girls. Han kom ihåg det gamla talesättet att ändamålet helgar medlen, och det tyckte han verkligen stämde. Men han skulle vänta med att berätta för Mira och Anna om vad som hänt. På dagens program stod att frigöra flickorna från bordellen.

Mira vaknade till och kallade John till sig. Han fick en puss på munnen innan han kröp ner jämte henne i sängen. Det kändes som en perfekt morgon för att kela lite i innan han gick upp. Men de blev snart avbrutna av att Anna stod i dörren.

- God morgon, sa Anna och fnissade till över att ha kommit på de båda med att vara intima.

- God morgon lilla Anna. Bäst att gå upp sa John och tog på sig kläderna.

Ett par timmar senare står han utanför Tigerns bordell på GB-road med en kofot i handen. Han går med snabba steg uppför trappan. Han försöker lokalisera om det finns någon där, men ingen syns till så John går runt i huset. Han bryter upp de låsta dörrarna och friger flickorna.
När han öppnar en av dörrarna sitter där en liten flicka på tio år. Han tittar in i hennes ögon och kan se en oerhörd smärta. Tårarna rinner nerför hennes kinder och hennes kropp är sargad. Överallt stinker det av urin och andra kroppsvätskor. Han tar hennes hand.

- Du är fri, ingen kommer mer att göra dig illa.

På ett ögonblick skiner det lilla ansiktet upp och hon torkar tårarna. John lyfter upp den lilla kroppen och bär ut henne på gatan. De övriga flickorna skyndar sig ut. John stannar två taxibilar som han fyller med flickor och dirigerar dem att åka till Children's future.
Han känner sig väl till mods och det är svårt att förklara glädjen över att kunna hjälpa dessa flickor.

På barnhemmet får Mira och Anna en glädjechock av att möta flickorna. För Anna blir det väldigt känslosamt eftersom det var hennes olyckssystrar som kommit.

- Jag ska fixa er lite mat,

säger Anna och börjar att duka fram på köksbordet. Tjejerna är mellan tio och tjugo år gamla. En del hade varit på bordellen något år, medan andra hade varit där nästan tio år. De hade fått väldigt sparsamt med mat, så nu serverades det rikligt med ris och kyckling. Tjejerna njöt av att äntligen få äta sig ordentligt mätta.

- Vad kommer ni ifrån, frågade John flickorna.

- De flesta av oss kommer från Katmandu, svarade en av de äldre.

- Vi blev lurade av några män som sa till våra föräldrar att vi skulle få det bra här och gå i en bra skola. Våra föräldrar var mycket fattiga, och tog emot pengar från männen. Det som mamma och pappa inte visste var att de just sålt oss till en bordell.

- Jag ska se till att ni får komma hem igen säger John med gråten i halsen.

Följande morgon vaknar de tidigt på barnhemmet. John skyndar sig till och från bilen för att packa för den långa resan till Katmandu.

- John, har du fått med dig allt nu.

- Nej inte än, jag har en del grejer kvar innan allt är klart.

Flickorna som just avslutat frukosten gör sig i ordning för den långa resan.

- jag vill också följa med, säger Anna och tittar bedjande på John.

- Är det ok, för dig om hon följer med mig, undrar John och tittar på Mira.

- Javisst det är okej

Mira kramar om alla flickorna innan de tar plats i minibussen. Anna sitter fram hos John och tittar ut genom fönstret. Det ligger en väldigt lång resa framför dem på dåliga och farliga vägar innan de kommer fram till Katmandu. John hade räknat med att det skulle ta ungefär ett dygn med minibussen att nå fram.

Han var på ett strålande humör, äntligen fick han göra en insats som verkligen betydde något. Bilen var tankad och klar och Mira hade köpt in färdkost till allihop.
Resan skulle gå från Delhi genom miljonstaden Lucknow för att sedan gå på farliga och dåliga vägar genom Himalaya upp till Katmandu. Det var verkligen ett äventyr som låg framför.

- Älskade Mira, ta hand om dig nu så är jag hemma om några dagar, sa John och pussade Mira medan han gav henne en rejäl avskedskram.

Hon log mot honom, och kände att tårarna började komma.

Nu började den långa resan. Bara att ta sig ut ur Delhi var ett företag med all trafik. Vid sidan av vägen kunde man se något som folk i Sverige skulle beteckna som uthus, men här var det bostäder som hela familjer levde i. Många sådana hus bildade hela slumstäder. Här levde man sida vid sida, jobbade, gick i skolan åt och älskade. Sjukdomarna frodades och stanken var obeskrivlig. Jämte dessa områden kunde man hitta palats eller något påkostat tempel. Hela situationen tycktes helt absurd. Men det var just detta som var Indien oavsett vad man som besökare tyckte.

John hade gått om tid att fundera där han körde genom huvudstaden. Några av flickorna i bilen sov medan andra var upptagna med att se på omgivningen.

Det var mitt på dagen, och det var varmt. Men som tur fanns det air condition i bussen. Alla flickorna hade duschat och fått nya kläder av Mira. De var alla mycket fina och beredda på att möta sina föräldrar. Men under ytan på dessa flickor fanns väldigt sköra människor som levt i trauma under väldigt lång tid. Många av dem hade helt förlorat tron på en god mänsklighet.

Den lilla flickan hette Sheeba. Hon satt och tittade ut genom fönstret. Mitt i allt elände hon upplevt, sken hon upp när hon såg människor och djur som de passerade. Det var som hennes liv hade fått ett helt nytt innehåll. Nu kunde hon äntligen ha chans att bli ett barn igen med drömmar och visioner.

Anna hade somnat och John koncentrerade sig på att köra bussen i den hektiska trafiken. Anna var duktig på engelska och brukade tolka John när de andra flickorna inte förstod.

Han hade det bra som hade en sådan fin dotter. För det var det som han kallade henne även om det juridiskt sett inte var hans flicka.

John hade ju inte fått några egna barn. Men han hade längtat i många år efter någon som skulle kalla honom pappa.

Mira kunde inte få barn, så nu hoppades han helt på att kunna adoptera Anna.

Mira hade bestämt för att gå till den lokala butiken och handla, när hon plötsligt möter två hotfulla män i dörren.

- Och vart är du på väg då? Du stannar här. En av männen knuffar ner henne på en stol.

- Vad vill ni mig? Vad har jag gjort? Mira känner hur hon börjar skaka av rädsla.

- Vi vill ha lite uppgifter från dig, Madame.

- Säg mig var är din karl någonstans?.

- Jag vet inte var han är, svarar hon lite irriterat.

- Det vet du visst och det är bäst att du berättar, annars kommer det gå med dig som det gjorde med din praktikant.

Plötsligt går det upp för Mira att det är Shanis mördare som hon har framför sig. Hon känner en klump i halsen och har svårt att få fram ett ljud.

- Berätta nu!! En av männen tar tag i hennes hår och drar det bakåt, så att hon vill skrika högt

- Han är på väg till Katmandu, stammar hon.

- Bäst för dig att du talar sanning, annars ser du oss här snart igen. Och då lär vi inte vara så trevliga mot dig eller barnen här.

Mira inser att hon inte har någon chans att komma undan. För sin egen del bryr hon sig inte så mycket, men när det gäller alla barnen på hemmet kommer allt i en annan dager. Efter en halvtimme har de lyckats få ut tillräckligt med uppgifter från henne och de lämnar henne, chockad.

Resan till Katmandu

Bussen fortsätter på de dåliga vägarna i det indiska landskapet. John känner sig ganska trött och håller flera gånger på att nicka till. Men han gör allt för att hålla sig vaken till Lucknow, där han planerar att stanna för att sova. Solen är på väg ner, och han lägger mil efter mil bakom sig. De passerar stora skogar och stäpper. Han gnuggar sig i ögonen och öppnar fönstret för att släppa in frisk luft. På radion är det nyheter på Hindi. Även om han kan förstå vissa ord så förstår han inte sammanhanget, så han skruvar raskt över till en musikkanal istället. Alla de andra sover vid det här laget, och efter ytterligare några timmar är de framme i den vackra staden Lucknow med alla sina stora byggnader och monument. Nu kör han in på en parkeringsficka och stannar. Sedan tar det inte lång tid förrän han sover.

Följande dag är de alla uppe tidigt äter medhavd matsäck som Mira fixat, och sedan fortsätter resan mot Katmandu. Senare samma kväll är de framme vid slutdestinationen.

- Nu tjejer är ni snart hemma igen.

Anna översätter för flickorna vad John säger. Flickorna lyser upp när de kommer in i Katmandu, nu var de hemma igen. De pekar på olika byggnader och berättar minnen för varandra. Tårar rinner nedför kinderna på flera av dem. Tänk att få möta mamma, pappa och syskonen igen. På polisstationen hjälper man flickorna att söka och kontakta föräldrarna.
Den lilla flickan Sheba var från en liten by utanför Katmandu. Polisen har lyckats lokalisera var föräldrarna bodde och John och Anna körde den lilla minibussen fram till byn. Sheba får tårar i ögon av lycka, när hon kände igen sig.
Längst upp på en kulle ligger ett litet oansenligt hus. När bussen stannar springer hon mot huset. En gammal man uppenbarar sig i dörren. Hon springer fram och slår armarna om honom.

- Pappa, Pappa, jag är hemma nu.

- Kära barn, är det verkligen du Sheba?

- Ja det är det, jag är hemma igen.

Mannen är runt sjuttio år gammal och ser väldigt härdad ut. Man kan förstå att han levt ett väldigt hårt och arbetsamt liv

Han börjar gråta hejdlöst och kramar den lilla flickan hårt. Sedan ropar han på Shebas mamma som rusar fram och tar henne i famnen.

John har svårt att hålla tårarna borta, han kramar Sheba och säger adjö. Sedan tar de bilen tillbaka till Katmandu.

Nu var Sheba äntligen hemma hos sina föräldrar. Man kunde tro att hon, liksom de andra flickorna skulle få det bra nu. Men livet på bordellen hade gett dem alla stora och djupa sår som inte skulle läka i första taget. Därför hade John anlitat en frivilligorganisation i området, och sett till att flickorna skulle få hjälp, för att på sikt komma över sitt trauma.

Uppdraget var avklarat. John kände sig nöjd och sträckte ut sig på hotellsängen. Om någon dag skulle han och Anna åka tillbaka till Delhi och allt skulle bli som vanligt. Först skulle han ta igen sig och passa på att njuta och äta gott, det tyckte han att de var värda. De gick ner och satte sig i hotellrestaurangen och beställde in stek. Musiken var på och spelade västerländska melodier. Anna satt mitt emot honom vid ett litet bord.

- Hur kom det sig att du flyttade till Indien och oss, frågade hon plötsligt och tittade på honom.
John blev lite överrumplad av frågan men tog sig samman för att svara.

- Jag har alltid längtat till Indien, för att jobba på barnhem sedan jag var ung. När jag sedan såg annons om att Mira sökte en medhjälpare så svarade jag. Ja på den vägen är det.

John tog hennes hand.

- Förresten, vet du om att du betyder väldigt mycket för mig. Jag själv har ju aldrig fått något barn och för mig är du som en dotter som jag aldrig fick, sa John.

Det blev tyst, men han var nöjd med att han äntligen hade fått berätta för henne, hur mycket hon betydde för honom.

- Ja jag vet det, du betyder väldigt mycket för mig också svarade hon och log mot honom. Han reste sig och gick fram till henne och gav henne en kram.
Han hör samtidigt hur hans mobiltelefon börjar ringa. Han sätter sig ner och tar upp telefonen.

- John.
Det är tyst i luren

- Vem är det?.

- Det vill du inte veta! Kan bara berätta för dig att du ligger väldigt illa till. Det var mig du nyligen försökte döda, Var på din vakt för när du minst anar det så kommer jag.

Onda Planer

John kände hur han började darra, han fick en klump i halsen. Anna kunde se på honom att det var något som inte stod rätt till. Han tittade sig omkring i restaurangen för att se om någon stod och väntade på honom.

- Vem var det? stammade hon fram.

- Det var Tigern! nu ligger jag väldigt illa till. Jag trodde han var död. Han tittar på Anna som nu blivit likblek i ansiktet.

- Vad ska vi göra nu då?

- Vet inte om han får tag på oss, så är det slutet för oss båda. Hur kan han veta något om mig?.

- Tigern får reda på allt, han har ett stort kontaktnät, suckade Anna uppgivet.

Nu stod de där på en restaurang i Katmandu och fruktade för sina liv mycket långt hemifrån. Plötsligt ringer telefonen igen! John vågar knappt svara. Men så ser han att det är Mira som söker honom och då svarar han.

- Hej Älskling!

- Hej du låter uppgiven.

- Ja Tigern lever och tänker hämnas.

- Ja jag förstod nästan det. Jag fick påhälsning av två män för ett tag sedan som hotade mig och frågade om dig, det var därför jag tänkte ringa och berätta.

- Ja då förstår jag.

- Du måste hålla dig borta ett tag, det är för farligt för dig att komma hem nu.

- Ja det är väl det vi får försöka komma på något.

- Ta hand om dig, puss! puss!

- Ja det ska jag puss!

- Vi måste ge oss iväg och det snabbt. John betalade maten, tog med sig Anna och lämnade restaurangen.

Han förstod att de inte hade mycket tid på sig. Tigern kunde ju ligga och trycka var som helst. John trodde med säkerhet att de båda skotten han sköt hade dödat honom. De gick upp på hotellrummet och packade ner sina saker. Ingen av dem sa något under tiden till den andre, båda var nervösa för vad som skulle hända härnäst.

När Anna lämnade children's future, hade ju hon letat efter sin pappa som bodde i Delhi någonstans. Nu drog hon sig till minnes att innan han hamnat i alkoholproblem, hade han varit yrkesmilitär. Kanske kunde han hjälpa dem på något sätt. Eller kanske skulle de kunna kontakta polisen. John hade övervägt det, men då skulle det kanske komma fram att han hade försökt döda Tigern på eget bevåg. Och det skulle ju inte vara riktigt lyckat. Så vart skulle de ta vägen. De var verkligen illa ute.

- Vi får ta det hela i egna händer.
Han tittade på pistolen som låg i väskan.

- Den här gången ska jag avsluta jobbet på riktigt
sa han och tog upp pistolen. Ur ena fickan tog han upp några patroner, som han laddade den med.

- Vi stannar här och väntar ut Tigern, sa han med mord i blicken. Anna satt tyst och nickade.

John somnade med pistolen vid sin sida. Anna kunde inte koppla av. Hon vred sig i sängen av oro. Tänk om Tigern skulle komma inatt när de sov. Antingen skulle han döda henne, eller också ta henne tillbaka till bordellen, då skulle livet där bli sju resor värre för henne än innan. Hon kunde inte hålla tårarna tillbaka, när hon tänkte på det omöjliga i situation.

Hon började tänka på sin pappa och önskade att han varit där nu. Även fast hon blivit övergiven tidigt kände hon ingen bitterhet eller hat mot honom. Hon förstod att det var spriten som förstört allt. Efter att mamman dött i tuberkulos några år tidigare, hade hennes pappa hamnat i djup depression och börjat dricka. Det hade gått så långt att han till slut varken kunde sköta sig själv eller Anna. En dag orkade han inte längre med utan flydde från allt, och lämnade kvar Anna i huset. Med hjälp från några snälla människor hade hon till slut blivit placerad på barnhemmet.

Hon tittade på sin mobiltelefon den visade halv ett, långt borta från det trygga hemmet i ett annat land. Lyckligtvis hade hon ju John att ty sig till och det var hennes räddning.
Hon tittade ut genom fönstret

Himlen var kolsvart och endast några vilda djur hördes på avstånd. Vid den här tiden fanns det inga människor ute. Inte ens i en storstad som Katmandu. Alla butiker hade fördragna plåtdörrar som låsts med enkla hänglås. Plötsligt där hon sitter får hon en otäck känsla att de båda inte är ensamma. Hon vänder sig om och tittar bort mot dörren. Den är ordentligt reglad. Men hon hör fotsteg utanför som kommer närmare, hon känner hur kalla kårar går längs ryggraden. Hon ruskar på John och han vaknar till och tar ett stadigt grepp om pistolen. Sekunden senare avtar stegen och det blir lugnt igen. John plockar ner pistolen igen, och ser på Anna.

- Den här gången var det falsklarm, nästa gång tar jag honom, säger John lite skämtsamt för att dölja sin oro.

- Jag tror inte att det blir så lätt att knäppa Tigern.

- Säg inte det, jag har ju gjort det förr. Nästa gång gör jag det ordentligt.

Någon timma senare är de på väg från Katmandu tillbaka mot Indien. De åker på farliga serpentinvägar där vägras och olyckor var mycket vanliga. John är sammanbiten och koncentrerad på att köra. Han känner sig osäker, för detta är inte direkt vad han är van vid från Delhis motorvägar, eller Sveriges raka och fina sträckor.

Disco musiken dunkar från radion men har svårt att bryta igenom Johns tankar. En stark ångest maler i honom där han sitter. Vad skulle hända när han väl möter Tigern?

Timmarna går och landskapet utanför skiftar, han stannar till på en liten sidoväg, för att få några timmars sömn innan sista etappen till Delhi. Han hade bestämt sig. Han tänkte inte fly för Tigern, kosta vad det kosta ville. Nu var bollen i rullning.

Han skulle en gång för alla göra upp med avskummet på sitt eget sätt. Pistolen förvarade han tätt intill sig hela tiden som om han väntade att Tigern skulle dyka upp när som helst.

Nu började det skymma ute, och snart skulle det bli alldeles becksvart, så var kvällarna här i Indien.

Anna snarkade högt där hon satt jämte honom, vilket gjorde att han absolut inte kunde sova, hur gärna han än ville. I stället gjorde han upp planer i sitt huvud för de kommande dagarna. Tanken var den att han och Anna skulle försöka leta upp hennes pappa som tidigare varit yrkesmilitär och genom honom få lite hjälp hur de skulle gå tillväga. Själv tyckte han att det var långsökt, pappan var ju alkoholist och hade lämnat Anna vind för våg. Men just nu fanns inte några andra alternativ så då fick man rycka i varje halmstrå. Efter mycket funderande fick han till slut ro och somnade i ett baksäte med en jacka över sig.

- Vakna din sjusovare, Anna ruskade om John.

- Kallar du mig sjusovare, jag kunde inte sova på halva natten av ditt snarkande. John tittar på Anna och skrattar.

- Jag har bestämt mig för att försöka hitta din pappa, kanske kan han hjälpa oss.

- Bra John, han kommer hjälpa oss, tack! tack! Anna ger John en hastig kram och en puss på kinden.

- Ja men jag ska i ärlighetens namn säga att jag har inga stora förhoppningar.

De båda fortsätter sin resa mot Delhi.

Anna mindes huset i Delhi där hon tidigare bott, och kanske kunde de där få någon ledtråd hur de skulle hitta hennes pappa. I stället för att åka hem till barnhemmet gjorde de en avstickare till de östra delarna av stan.

- Kommer du nu ihåg vilken gata du bodde på

- Jag minns att området hette Noida.

- Ok, då ställer jag in min gps.

John fick fram Dehli och letade fram Noida. De fortsatte genom stan på jakt efter Annas pappa. Även om man körde efter gps så var det inte det enklaste att kryssa mellan alla gator. Anna försökte hålla koll, men hade svårt att komma ihåg hur omgivningen och huset såg ut.

- Fortsätt lite till John

John smög fram bilen efter gatorna för att de inte skulle missa något.

- Här är det! Här är det! Anna pekade ivrigt på ett litet hus omgivet av några palmer.

- Härligt Anna!.

John körde in till sidan och stannade bilen. De går ut, och för första gången på länge kände de regnstänk.

- Jag tror regnperioden är på ingång.

- Ja det verkar så.

De går tillsammans fram till ytterdörren. Den är låst. Men Anna försöker att bryta upp låset, och hon får hjälp av John. Men de lyckas inte så bra, och blir avbrutna av en granne.

- Hallå där, vad gör ni?

- Vi försöker komma in, tjejen här har bott i huset tidigare, svarar John.

- Det är Radjivs hus, han kommer snart, och vem är du? Säger han och tittar utforskande på Anna.

- Jag är Anna hans dotter, som bott på barnhem de senaste åren.

- Nämen är det du Anna, jag minns dig som väldigt liten. Vad stor du har blivit. Din pappa kommer snart, han har saknat dig så mycket.

- Jaså har han , det trodde jag knappast.

- Jovisst har han det. En dag efter att han kommit hem var du borta.

- Ja det kanske berodde på att jag varken hade mat eller någon som såg till mig. Han har mycket att förklara för mig.

- Där kommer han. Grannen pekar på en härjad man som närmar sig huset.

Anna känner en klump i magen när hon ser honom. Även om hon egentligen är väldigt arg och besviken, så har hon saknat sin pappa så mycket, hon känner hur tårarna börjar rinna nerför sina kinder.

Annas pappa Radjiv kommer fram till huset och undrar först vilka besökarna är, sedan tittar han upp på Anna och då tycker han sig känna igen henne.

- Anna är det verkligen du? Han ser frågande ut.

- Ja pappa det är jag. Anna slänger sig om halsen på honom och ger honom en stor kram.

- Som jag har saknat dig lilla barn, säger han med gråten i halsen.

- Och jag dig pappa, jag har tänkt på dig varje dag.

- Förlåt mig så mycket, kan du förlåta mig? Efter att din mamma dött tappade jag fattningen helt och hållet. Jag drack hela dagarna och var borta jämt. Du förstår jag kunde inte ta hand om dig, Jag är så ledsen.

Anna brottades för ett ögonblick med känslor av besvikelse, ilska och kärlek till sin pappa, men hennes längtan och kärlek till Radjiv tog över och hon gav honom ännu en kram.

- Ja jag förlåter dig. Jag älskar dig. Tårarna rann i en strid ström nedför ansiktet och hon hade fullt upp med att torka bort dem med handen.

- Det här är John min bäste vän, sa Anna och presenterade John. Hon gav honom en kärleksfull blick.

John hade också haft svårt att hålla tårarna tillbaka. Men nu samlade han sig, tog Radjiv i handen och presenterade sig.

- Nej här kan vi inte stå och lipa, vi går in och tar en fika sa Radjiv och skrattade till.

De hann inte mer än passera dörren förrän Anna började minnas. Hennes blick vandrade runt på väggarna. Jämte fönstret i köket stod det lilla blå bordet med tillhörande två stolar, precis likadant som innan hon lämnade huset. I det lilla sovrummet stod hennes säng fint bäddad, med hennes nallar uppställda. Hennes morgonrock var snyggt hopvikt.
Allt såg precis ut som när hennes mamma levde lika snyggt och prydligt.

- Pappa har du skaffat dig en kvinna i huset?

- Nej du min lilla vän, din pappa har börjat ett nytt liv och hållit sig nykter i två år nu. Han sköter huset helt själv, sa Radjiv.

- Jättefint pappa, mamma hade varit glad att se detta. Anna log med hela ansiktet, och för första gången som hon kunde minnas, så var hon riktigt stolt över sin pappa.

Nu serverades det kaffe och bulle på det blå lilla bordet. John hade hållit sig tyst länge, men nu tog han till orda.

- Radjiv vi behöver din hjälp, vi har kommit i en fruktansvärd knipa.

John berättade för Annas pappa om barnhemmet där Anna nu bodde och hur hon lämnat dem och hamnat i Tigerns våld. Hur hon blivit utnyttjad av en massa män och till slut rymt till barnhemmet. John berättade om fritagningen av flickorna och hur Tigern nu ville hämnas på dem. Radjiv blev svart i ögonen, han darrade på läpparna.

- Det kan inte vara sant! Det får inte vara sant! min lilla flicka.

- Jo tyvärr är det helt sant. Jag behöver din hjälp att hitta Tigern, inflikade John.

Radjiv var sammanbiten.
- Visst hjälper jag till. Det avskummet ska dö. Radjiv slog näven i bordet så det dundrade i hela huset.

- Är det inte bättre att vi går till polisen, manade Anna försiktigt. Hon hade aldrig sett sin pappa på det humöret, så hon blev nästan lite rädd.

- Det är lönlöst, de gör inget. Ska man få något gjort, så får man göra det själv eller hur. John tittade på Radjiv som nickade instämmande.

Hämnden

Tigern svor och förbannade John, över att han förlorat alla flickorna. Det var ett stort bakslag för honom. Rummen gapade tomma och inkomsten uteblev. Men han var fast besluten av att hämnas på ett sätt som John sent skulle glömma.

Han hade vårdats på ett av stadens sjukhus efter skottskadorna, men nu hade han kommit hem för att vila upp sig. Han vandrade runt i huset stödd på en käpp. Han ryckte i dörrarna och sparkade hårt i väggen. Hans ögon var svarta av hat.

Han hade en nära krets av kriminella som han umgicks med och de tillsammans hade gjort upp en plan för att undanröja John för gott. Men först skulle de få honom att lida.

Mira var i den lokala butiken och handlade. Hon gick runt och botaniserade bland hyllorna. Kryddor, te, ris och kött. Hon planerade dagens lunch för alla barnen. Hon tyckte att det var skönt att få lite egentid, eftersom hon umgicks med barnen hela dagarna. Det var en härlig dag. Hon ringde John, och kände sig lycklig. Sen betalade hon sina varor och lämnade butiken. Hon började gå hemåt. Men hade inte gått länge förrän en bil kör ifatt henne och två män hoppar ut. Hon förstår att hon är illa ute och skriker i panik, men ingen kommer henne till undsättning. Den ena av männen tar fram en svart påse som han trär över huvudet på henne. Mira känner hur någon knuffar in henne i bilen. Hon hinner knappt reagera innan de lämnat platsen.

Den blir en skräckfylld resa. För Mira var allting svart. Hon hörde röster, men kunde ingenting se. Men hon kunde andas genom två lufthål. Någon höll fast henne hårt i armarna och hon kunde känna paniken stiga. Hon ville skrika men vågade inte. Skräcken över att hon inte visste vad som skulle hända med henne gjorde att hon kissade på sig. Många känslor avlöste varandra, och hon trodde att hennes sista stund var kommen. Så började hon tänka på John och barnen.
Hur skulle det bli med dem, när hon var borta? Skulle John någonsin få reda på vad som hänt henne? Eller skulle hon bara dödas och sedan glömmas bort någonstans. Hon hade gått om tid att tänka. Det värsta var att det nu var helt tyst i bilen, hon insåg att vad som helst kunde hända.

En tid senare satt John på barnhemmet och grät. Han hade försökt kontakta Mira många gånger utan att lyckas. Han förstod att något hänt henne. När han kom hem tidigare, sprang barnen omkring vind för våg och ingen visste vart Mira tagit vägen. Den enda information som de kunde ge, var att hon gått och handlat, och sedan aldrig kommit hem. John förstod också vem som låg bakom. Även Anna och Radjiv var chockade över vad som hänt.

- Vi måste ju göra något!, sa Anna.

- Javisst men vad, sa John uppgivet.

Han kände hur Miras försvinnande tog musten och orken från honom. Hans kämpaglöd var nästan borta. Att något skulle hända honom det var en sak, men att hans älskade Mira skulle drabbas, det kunde han inte leva med. Mörka tankar malde mer än någonsin, och sa att Mira redan var död. Att det inte längre fanns något att kämpa för. Han sjönk allt djupare in i depression, men Anna såg att han mådde väldigt dåligt.

-Ta dig samman John, ni måste kämpa för henne. Om inte ni gör det vem ska då göra det. Anna tittade på John och sedan på Radjiv som nickade tillbaka.

John mindes alla de härliga stunderna tillsammans med Mira. Hur hon tagit emot honom när han först kom till Indien. Hur de funnit varandra och blivit ett par. Hur de hade älskat varandra och blivit tvillingsjälar.
Tankar på Gud och en högre makt hade han för länge sedan övergivit, men nu ropade han i sitt inre om hjälp. Kanske fanns det ända någonting därute. Plötsligt fick han uppleva ett starkt inre lugn. Han kunde inte förstå var det kom ifrån, bara att det fanns där när han som mest behövde det. Något sa honom att Mira fortfarande levde.

Tigern hade fört Mira till Tiger girls. Nu satt hon i ett litet rum som förut tillhört en av flickorna. En känsla av skräck fyllde henne när hon såg all smuts och kände den vidriga lukten. Hennes tankar gick till Anna och vad hon varit med om. Skulle nu också hon drabbas på samma sätt?

Hon tittade sig omkring för att se om det fanns någon väg ut. Men Tigern hade noga sett till att täppa till alla flyktvägar, och placerat Mira i ett rum utan fönster. Allt ingick i Tigerns plan för att få John att komma till bordellen, och sedan kunna skjuta honom. Han insåg att om han inte kunde döda John, skulle han förlora ansiktet gentemot andra hallickar och kriminella i sin närmaste krets. Då skulle det talas länge om Svensken som skjutit honom och tömt hans stall på flickor. Det fick enligt honom inte ske. Då vore det slut på honom och hans imperium.

Tigern längtade efter att se John lida. Han planerade att förgripa sig på Mira på samma sätt som han gjort med de andra flickorna. Många ansåg att han var ondskan personifierad. Han skämtade ofta om flickorna och menade att han själv var tvungen att prova dem för att se vad de gick för.

Mobiltelefonen ringde!

- John här!

- Vad trevligt nu hörs vi igen.

78

- Vem talar jag med.

- Jultomten, ho, ho.

- Det är inte roligt, säg vem det är.

- Ja för dig är det inte roligt. Men för mig blir det jättekul. Jag sitter här och väntar på dig tillsammans med din asläckra tjej. Du förstår väl att jag måste prova henne innan hon får ingå i mitt nya stall.

- JAG SKA DÖDA DIG!

John kastar telefonen i väggen med sådan kraft att det blir bara småbitar kvar av den.

Han far ut genom dörren fortare än någon gång tidigare och iväg med bilen i en rivstart.

Han tappar kontrollen. Pistolen ligger bredvid honom i sätet, och själv sitter han och slår hårt med knytnäven i instrumentbrädan medan han kör.
Han far fram på gatorna som en vetvilling. Innan han upptäcker att han har polisen efter sig. Då drar han på lite extra, när han tror sig ha skakat av dem, fortsätter han så till Tiger girls. Där tvärnitar han, tar pistolen och springer in. Han far runt inne på bordellen, för att hitta Tigern,
Plötsligt känner han en pistolpipa mot tinningen.

- Ser man på, ser man på, välkommen!

Tigern tvingar ner John på en stol, tar hans pistol och bakbinder hans händer. Han binder honom hårt.

- Nu lilla John är det showtime.

Framför honom står Mira och gråter med avslitna kläder.

- Ditt avskum. Jag ska döda dig.

John försöker komma bort från stolen. Han sparkar med benen till stolen faller med honom till golvet medan han skriker.

- Se så ta det lugnt, nu är det Showtime.

Tigern börjar klä av sig. Först tröjan, sedan byxorna tills han bara har kalsongerna kvar.

Mira befarar det värsta och skriker i panik. Men Tigern verkar inte bry sig, han fortsätter sin show och närmar sig Mira. Han kommer fram till henne och lägger handen på hennes skuldra.

- Käre Gud om du finns, stoppa detta vansinne. skriker John i total desperation.

Plötsligt slås dörren upp. Två poliser rusar in med dragna vapen.

- Släpp vapnet! Ligg ner!
Tigern kastar ifrån sig sitt vapen och lägger sig ner på golvet.
- Nu du Tigern, är spelet slut för din del. Du kommer få tillbringa många fina år bakom lås och bom.

Slutet

John och Mira grät i varandras armar, nu var deras kamp över att få bort Tigern. Polisen hade till slut gjort ett bra jobb och gripit denna man som hade både barnsexhandel, narkotika brott och mord på sitt samvete.

John kände sig nöjd med att detta avskum nu satt bakom lås och bom, och domstolen i Delhi hade dömt Tigern till livstids fängelse. Polisen hade även kunnat gripa flera ur hans närmaste krets, som i årtionden gjort oskyldiga barns liv till en mardröm.

Tigern hade var förkrossad över att hans imperium fått ett slut. De hade placerat honom i en cell tillsammans med andra förbrytare. Men eftersom han var ökänd för sin brutalitet och övergrepp mot barn, stod han inte högt i kurs hos övriga fångar. Några dagar senare kom beskedet att han hade blivit brutalt mördad av en annan fånge.

Men det var knappast någon som sörjde honom. I stället jublades det på många ställen, runt om i staden bland hans forna fiender och bland vanligt folk som visste vilket avskum han varit.

Det hade också framkommit att Shani tidigare varit en av Tigerns flickor. Han hade sänt henne till Children's future för att på så sätt komma åt de unga barnen. För att kidnappa dem till bordellen. När Shani ville hoppa av, mördades hon av Tigerns kumpaner.

John satt på verandan och njöt av en kall öl. Regnet öste ner, och utanför bildades stora pölar på marken. Nu var det regnperiod i norra Indien, och många översvämningar inträffade. På flera ställen var det så mycket vatten att man fick vada för att ta sig till skolan, jobbet eller affären. Det regnade i regel flera månader varje år, men inte hela dagarna. Vissa tider på dagen kunde man ändå göra sina ärenden.

John älskade Indien, det hade han alltid gjort. Men hans vistelse här hade hittills blivit väldigt annorlunda mot vad han först tänkt sig.

Mira kom fram till honom där han satt och lade armen om honom. Hon log mot honom och gav honom en puss. Hon bearbetade fortfarande den hemska upplevelsen, men var så glad över att Tigern aldrig hunnit förgripa sig på henne, som han gjort med så många andra.

Flickorna från Katmandu hade kontaktat dem och tackat för den stora kärlek och mod som John och Mira visat. De berättade att de nu hade börjat få ordning på sina liv. Det gladde John att höra. Han skulle aldrig någonsin glömma dem. Och en sak var säker, de skulle aldrig någonsin glömma honom.